AQUARIUS

AQUARIUS

AQUARIUS

AQUARIUS

每個人心中都有一座島嶼，

藉文字呼息而靜謐，

Island，我們心靈的岸。

除魅的家屋

張詩勤

第四屆楊牧詩獎評審力薦

《除魅的家屋》以直截強烈的語言，針對當代社會人類自身所面臨的苦痛與為難，形成巨大而直接的吶喊。

——孫梓評

詩中說話者陳述重度憂鬱、陰沉、苦悶乃至狂亂；作者卻能有效以內斂的修辭手段自剖，血淋淋地凝視自我。整部詩集是收驚的過程，也是救贖的道路，堪稱二十一世紀的罪惡的花朵。

——焦桐

驚異定義詩的發現。《除魅的家屋》以鬼魅的想像開啟了另類的驚異詩境，逼使讀者勇敢地體認存在的真相其實涵納著各種不見天日令人不安的異態。詩人用他獨到的鬼語召喚出後現代各類創傷情境中層出不窮聳動、駭人的異態，以神來之筆出奇制勝。

——曾珍珍

《除魅的家屋》是這屆詩獎得主，也是一個莫大的驚喜，樂見台灣詩壇有如此成熟且強烈風格的新一代詩人出現。

——楊澤

當代詩人傾心好評

詩人傾心談論死，近乎迷戀般凝視物體墜樓觸地一剎那，電光火石迸碎的片刻。然而凝視夠久，便穿越了那死影，看見生活。

——崔舜華

詩勤把每一個字都變成一間空房子，繞著所謂的真理與愛旋轉。好不容易靠近旋即遠離——我讀著讀著，也不知自己是暈眩了或更清醒。圈養在心裡的小鹿一隻隻蠢蠢欲動，幾乎要衝破柵欄。

——徐珮芬

混淆是一種等待的姿態。她的等待是一種出擊，自始至終她決意不矇混自己，於是阻撓一切清晰的分化。

——吳俞萱

張詩勤以詩驅魔也以詩召喚魅影，像房間裡一點一點鑿出來的光，讓黑暗變得更實在了。

——楊佳嫻

心裡有鬼，目中無人

——序張詩勤詩集《除魅的家屋》

陳芳明

1

身為台灣文學研究的博士生，張詩勤所涉獵的詩人跨越了台灣與日本。她所研究的詩學，顯然受到殖民地時期文學的強烈召喚。出入於詩行之間，似乎也為她醞釀了相當敏銳的感覺。詩，從來都是充滿了歧義性。當一個字被安放在詩行之間，它所釋放出來的意涵就不可能停留於固定意義。對於台灣現代詩史的探索，她可能比其他同輩的研究者還更深入。詩之所以成為詩，就在於文字本身並不必然要做符合邏輯的思考。詩之迥異於小說與散文，完全無須照顧到敘事的邏輯。那種意象與意象之間的跳接，可能在小說與散文裡很難受到承認。但是在詩的創作裡，許多不合理的思考往往得到容許。

張詩勤的詩齡還相當短淺，但她所縱身投入的想像，卻如深淵那樣廣闊，而且深不見底。

甫獲「楊牧詩獎」的張詩勤，便是以《除魅的家屋》受到肯定。在她的詩行之間徘徊時，總覺得鬼影幢幢。人鬼之間，距離從來沒有想像那麼遙遠。感覺上，鬼有時比人還友善。心裡有鬼，目中無人，大約是日常生活中常常遇見的狀況。鬼比人還親切，人比鬼還可怕，這是張詩勤詩行常常出現的辯證。她的第一本詩集《出鬼》，便是以歧義的文字來為詩集命名。出鬼就是出軌，出軌就是不符常理的規範，也就是她在自己的想像世界裡，為她個人量身訂造一套說話的方式。潛藏在她體內的靈魂，絕對不是按照一般規矩過著日常生活，而是她建立了自成一套的生存法則。縱然寫得相當私密也相當規矩，但是在她的詩行之間穿越時，卻可以感受到她一定程度的批判與反叛。

一九六〇年代的現代詩運動，曾經主導了台灣詩壇的美學。但是進入一九八〇年代之後，伴隨著晚期資本主義的到來，許多被禁錮的精神世界都獲得解放。當心靈之窗打開時，許多異質的美學也紛紛奪門而入。新世代詩人在創作之際，不再訴諸於稠密、濃縮、精煉的語言，他們反其道而行。如果要解放自己的心靈，就優先解放自己所使用的語言。他們所擁有的發言權，不再受到外在政治權力的干涉，當然也不再受到傳統道德的影響。語言解放，其實就是心靈解放。遭到放逐的不再是文學創作者，而是長期籠罩島上威權陰影的統治者。台灣現代詩的典型轉移，便是不斷崛起的年輕詩人，勇於告別燦爛的一九六〇年代。他們開始找到自己的發言管道，也找到自己的精神出口。更重要的，他們也建立了屬於自己的說話藝術。投入詩壇不久的張詩勤，便是其中值得矚目的一位。她在朋輩之間所開創出來的道路，已經慢慢引起議論。

2

《除魅的家屋》充分顯示張詩勤已經找到自己的路數，也建立了一套看待這個世界的方法。她一方面以詩行與自己對話，一方面也以巧妙的手法來詮釋這個世界。人鬼不分，其實是一種自我觀照的方式。這冊詩集有一首令人偏愛的作品〈同志〉，無論是想像或是感覺，都找到了恰當的文字與恰當的位置。

我情願一切都是白色
逃亡時拉著的那人沒有面孔
但手心溫熱，湧出暖流
我情願對方不知道
一千萬次的非分之想淹沒我
把曾塗好的顏色都心虛遮掩

為什麼一切都是白色？因為在白色裡什麼都看不見。所謂看不見，是因為這個世界充滿了偏見。為什麼寧可看不見？因為真正的感情無須任何定義。一但有了定義，就有了名分，跟著而來的便是世俗的規範。當她拉著沒有面孔的那人逃亡時，反而可以真實感覺彼此之間的溫暖。詩人的遣詞用字是那麼謹慎，而且對那份看不見的感情也形容得恰到好處。在生活裡，詩人有一千萬次的非分之想，但是對方並不清楚，她只能用塗好的顏色掩蓋自己。充滿了辯證思考的這首詩，其實挾帶著太多的矛盾與衝突。在要與不要之間，在愛與不愛之間，甚至詩人也無法給予定義。但是詩的迷人，就在於沒有確切的答案。如果有了答案，謎底就要揭開，反而失去了吸引力。而這種矛盾語法與矛盾感覺，在很大程度上批判了現實中的虛偽社會。這首詩的最後一段，讀來讓人感到心痛：

柔軟皮膚貼近，我回頭
看見追兵他們訕笑有如牛油
我們的關係凝滯不動
柔軟樹葉在枝頭上要落不落
我情願就這樣不清晰
也情願這一切在我們這一代死去

在殘酷的世界裡，只要看不見，什麼事情都未曾發生。他們選擇不被看見，因為這庸俗的世界充滿太多追兵的眼神。用「凝滯不動」來形容未曾確切定義的感情，簡直是神來之筆。最後兩行更加彰顯這個世界是多麼不寬容，當她情願不清晰，也情願在這一代死去，反而讓讀者更加感受人心的殘忍。

她的詩行之間，充滿了太多的未完成。畢竟在這鬼域的世界，真實的人很難找到生存空間。沒有感情或沒有感覺，世界就不是真實的。她的另一首詩〈從夢裡醒來的時候〉，最後六行再次展現了夢與真實之間的辯證：

那個時候
我仍然躺在床上等待
蓋著被子等待
被陽光壓迫著眼瞼
被雨吸收了眼淚等待
等待更多的夢慢慢醒來

夢中或夢醒，兩者之間的真實究竟有多真實。正如她在第二節寫出這樣的一行：「我渴望真實與虛幻的倒置」，正好點出這個世界充滿了鬼氣。如果夢中是愛情的世界，是人的世界，那麼醒來之後所面對的社會，反而是虛構的，甚至是虛偽的。

〈四月〉是令人偏愛的另一首詩，正如她在詩集中的作品裡所呈現的邏輯思考，往往以倒置的方式來表達正面的思考：

四月，春天已被惡耗撞成碎片
鋪滿林地，失去生息
所謂芬芳是幻想出來的嗎？
你的嗅覺和正義感一樣，積極、
失能

四月，冬雪被融成火
燒燬森林，枯枝之骨細瘦
假裝溫暖的群眾
從中抽取的血肉多純潔？
你的純潔是用他人的不潔換來的

乾乾淨淨的林地啊

四月，長夏的預兆襲來
臉友們全都前往鄰國賞櫻
微小而確切的——
惡的種子，等待萌芽（或早已成長）
這場葬禮你早就參加過
所有臉孔都那麼熟悉
卻一再忘記

詩人的批判又再次浮現，四月到來時，好像是全新的季節也展開。時間的循環猶如生命的升降，彷彿一切重新再來。但是恰如詩人所說「你的嗅覺和正義感一樣，積極、失能」，縱然季節是新的，但人的感覺卻是陳舊的，這正是詩人流露出來的強烈疏離感。尤其她寫出「惡的種子，等待萌芽」，更加精確點出了季節循環之際，人性也跟著循環。詩人總是投射專注的眼神，仔細觀察這世界發生的一切。她總是以負面的態度，來看待她的生存環境。這是一種典型的負面書寫（writing of the negative），相當現代主義，也相當後現代主義。明明面對一個春天的季節，一切看來是那麼明亮，但是在詩人的鑑照之下，反而呈現一片幽暗。季節能夠循環流動，唯有人性是凝滯不變。

張詩勤是屬於二十一世紀的詩人，已經完全掙脫了二十世紀的封閉年代。她永遠保持透視的眼睛與超越的心靈，來觀照這個快速變化卻又永遠不變的社會。許多偏見，成見，與不見，使得她所賴以生存的世界，總是以反覆的方式發展。因為反覆的緣故，使得某些進步的價值徘徊不前。縱然她看到的社會不斷開放，卻清楚察覺黑暗的人性從來不會改變。所謂黑暗，便是鬼所寄生之處。當她以《除魅的家屋》為自己的詩集命名時，似乎也充滿了高度的反諷。身為年輕的詩創作者，她是過於早熟的現世觀察者。她的感覺相當敏銳，總是在常人不易察覺之處，她反而看到了真面目。身為詩人，她扮演著不符社會規範要求的創作者，是一個非合模要求的人（non-conformist）。更精確來說，她是目中無人，心裡有鬼的年輕詩人。

2018.4.8 政大台文所

目次

輯一 我與我之間的柵欄

輯四　超鹹食主義

輯一

我與我之間的柵欄

我與我之間的柵欄

總是被他的建構所建構，總是
走進店裡第一眼就發現他的身影
他站在商品架前的樣子是漂浮在可樂上的冰
他的左邊是用右邊寫成的
他的不屑一顧促成我的苟活
我們坐擁的地形迥異
他的山路鋪在我眼前讓別人走
他喜歡的人像海報是我的暗影

他是我論述背後去除不了的浮水印
每當我傾聽自己
他是百般阻撓
形狀優美的雜訊

充滿

「那一刻我已決定要信仰他」
被如此想法充滿身體的人
早晨醒來
是否也會跟我一樣
「外星人把我送回來了啊」
這樣想

早晨醒來的那一刻

他不在，但他在
這麼多年了還在與我辯論
噗嗤笑出來
外太空的事情把我充滿
覺得好像不能一時離開
遠遠不及他們虔誠

「我不吃你那套」
對電話那頭大聲咆哮的那年
世界不再神祕
而我變得神祕
他的被信仰與我
總是被外星人捉走一樣
的日常事件不穩定循環

我因為不正常而正常
他的不正常使我正常
不被信仰綁縛之自由
是用來綁縛外星人的自由

這麼說來
真正的我只活在早
晨醒來喪失關於他
的記憶的短暫時刻
然後就被地球充滿

釘住的正道

他贈予我龐大一道
名為「正道」的牆
從此只要搬家我就為之苦惱
你懂那種丟不掉某件棘手傢俱的感受嗎
比方說被詛咒的箱子衣櫃或者娃娃
撞到牆上額頭總是鮮血直流
他的消失是我被肯定的理由嗎
那次臨別沒看出任何端倪

正道上的小草小花小魔神仔對我揮手
其實是早有預謀嗎
知道我的血肉太容易黏著被馴化
自我檢閱的雙腳當年一別就看準了我
什麼是「正道」你告訴我
是我的除魅永遠失敗的理由嗎是我
想在降靈會上和企鵝對話所以失敗的結果嗎
是我最後成為了不是我的肉塊
之來自於他的詛咒嗎
他是第一個進入我的城市那是一道
他珍視與鄙夷的牆那是我
那是我捨棄一切時莫名黏附的
來自母體的創傷

混淆

你左邊的手
硬的與軟的皮膚，冰的血肉
熱的指甲刮傷我

我們曾有相同的後髮
往後一摸，紛紛掉落的頭顱
興奮萬分就拆散、撕開整個鼓
往前衝卻一瞬間黑暗的幕

懷疑蒸發，從破掉的繭爬
所有曾經得到的握在手心碰撞
用力，用力碰撞，用力滑
我聞到你香氣濃厚遙遠通過
遠遠我距離我

想要的不是你如今才清楚
可是靈體已驅，降靈會的細節一字一字
記載在空氣裡椅子說的話
全都吞了進去

與右手弄錯的左手
情慾與憤怒，榮譽與輸

如今已經清楚，但你還在沒停止說服
我曾經的說服破衣般垂掛一陣
掉下衣架

我不穿那衣服但更加用力
那些距離我開槍打壞，千萬真摯
也許還是錯了我的手
厚與薄，靜或吵

如今才清楚，我是用你創造
鏡子轉身送我
怎樣好，怎樣映照

同志

我情願一切都是白色
逃亡時拉著的那人沒有面孔
但手心溫熱，湧出暖流
我情願對方不知道
一千萬次的非分之想淹沒我
把曾塗好的顏色都心虛遮掩
也聞得到香氣，一些溫柔的聲音

甚至擁抱，有些摩擦
敵人就要追來了我們必須設法
拆掉這扇窗，從那個屋頂逃跑
黑暗把黃昏吃掉
鑰匙一拋，把水泥吃掉

感謝有人跟著我逃
但若欲望順遂了，就確認那不是我所要
我情願白色不黏稠掛在窗台之上
可那些恐懼沒有地方
那是火熱的椅子、凍的桌子那是
我情願觸目者都無情冷漠
柔軟皮膚貼近，我回頭

看見追兵他們訕笑有如牛油
我們的關係凝滯不動
柔軟樹葉在枝頭上要落不落
我情願就這樣不清晰
也情願這一切在我們這一代死去

寒流

暖流流入龜裂的大地
草木終於開始呼吸但我乾燥的嘴唇
仍舊滲著血，已經毀壞了的事物
在那個至高的架子上拿下來的獎賞與
不需太過分的懲罰
活著本身已是懲罰

「不要討厭自己。」暖流與大地

流入混沌裡世界成形我們有自己的名字了
但仍然是臭的，我已轉身放棄
關懷，溫馨地說吧罪惡感可以吊死在公眾面前了
但鬼魂總是不死的

你這種絕望也很誇張
你的厭世已經缺乏合理的土壤是的
暖流與大地與草木與陽光一整套收攏在玩具箱
總還有好多個我在這裡
望著童年渴望的事物但現在用消費的方式多少次
也已經走不過去的生靈
那毀滅性的末日我們真的一起走過嗎
冷

這股好冰的風。
象徵界收留了你已是天地仁義
如同孤兒你有了母親
再過不久暖流會布滿你的身體你會濕潤
你會發芽你的人生啊從此

不能憂鬱不能發抖不能穿上
穿上的話，不就錯了嗎？大家旋轉的樣子
大家告白順遂的那一刻
大家的我深深迷戀的暖流那我曾經想要的箱子
缺貨或正常販售殭屍被撫觸傷痕有什麼意義嗎
不要再討論療傷

他們艱難的擁抱感覺到刺

卻還是那麼勇敢，從此不再熄滅的美德
在美術館在畫前駐足許久我感覺到
其實沒有流進我孔竅的共同體的親切召喚我感謝
我感謝你對我說的那句話
我感謝暖流
活著與愛都太奢侈

我族下落

你住在世界的反面
我住在你的反面
吞下雙倍腦充血
脫下的衣服屍橫浴室地板

你的血是我難得可以用來描畫世界
卻並不正確
反面的衣服穿上去破綻立見

長久以來，就這樣穿著

就這樣活著，用你的肉修飾我的骨
用你的鼓敲打我的弦
用你的鹹調我的味
用你的胃裝我的饕餮
你的偽裝讓我的偽裝徹底失效

果然被以為正面
果然被說成為反而反果然我們
又被消音了即使如此我還是用了你
果然你的皮膚我難以捨棄

不長出自己，怎麼活下去

不長出自己地活下去反而安心
就算找出自己的血液那總是相同的結局
那終點站我寧可搭錯車到你那多彩之地
連想握個手
都靈體般穿透

西北雨

震破耳膜的巨響過後
尖刀密集掉落，刺穿皮膚
轉角的7-11門口擠滿蟑螂
雨絲素描眾生群像

越洗越湧出的血
因潮濕更顯鮮明的街道惡臭
你就只會叫我去死

死給你看時你又轉頭撐傘
我身上滿布的洞
鑽竄著背負夏季的昆蟲

你憑什麼撐傘？刀子
直到現在仍然為我所用，油汙
層層疊疊堵住排水孔
你把「去死」丟給我以後低頭
街上的泥色與iPhone裡的原色形成對照
騎樓下開出水花

如果你早就料到這場雨
如果你就是這場雨
雨停以後，水氣迅速被熱氣蒸發

衛生棉廣告般的潔淨乾爽
也無法泯滅
你叫我去死的歷史

仰望

不感覺幸福的時刻
言語構築的牆隔離一切
表情的蠕蟲停止了爬
與葉子、與風

能夠深入絕境的
是你那修飾得極為漂亮的手嗎
你那些難懂的話

有與此處連接的電線嗎
還是那只是一個洞
掉入之後便嵌滯其中

視線還拉不到此處
是點不燃的火
另一個次元的光
我遙遠的一準備靠近
便從邊緣落下
是環形的鎖

不感覺幸福
卻瘋狂欲望著
只有「自我打壓」在流動

其他地方是冰凍的極地
苦的霧

更具體說，是童年渴望
卻又畏懼的高處
盤踞在黑暗中的亞熱帶老虎
如何伸手跳躍都搆不著
長高之後
成為已遭拆遷的古厝

即使你攤開手
手掌上長出幼苗般脆弱的哭
我也搆不著
被你踢翻的顏料難聞

筆毛遭遇岔路
我無能的停留
將錯的風景偷改為正確
為了讓你通過

燈的願望

把我吹熄以後
你溫熱的風仍然在黑暗裡遊蕩
樹上的魚沿皮膚滑下
又冰又刺
那是一句你說過的話
我重新點燃的詛咒
照亮夜晚的臉、魚的光芒與脆弱
你的吹拂

盲目的門

樹根

成為的身體

一

愛過但是遺忘的事物
足以堆砌成一座屍山
腐爛的臭味足以成為恐攻
夜裡的我們的事物
急急地排列，贈予
如果你不要它就成了幽靈

成為幽靈就好恨啊快放我出去
愛過但丟棄的物品
愛過就絞殺掉的人
如果你不要，我如何成形
如果你拒絕，黑色就崩潰膨脹
他們在其中埋藏已久
無法搔抓的深處誰才可以觸碰
當我們的共識開始漂浮
你身體裡那些遭棄的事物
當我壓下引爆按鈕，誰激烈噴出
就讓我全盤接受

二

如果你不要，我如何成形
如果結晶那麼巨大
用盡全力搬移最後還是無法抵達
抵達不了你
抵達不了你的那種迷失已經太多年
你的影像還是黏在我眼前
揮不開的霧氣
你一發言就吸去我
你一發言就吸去我的聽眾
沒有存在的意義轉身就走
如果不成為你，如何活下去
如果是你，怎麼刷去黏膩的噁心

我不要你
但你如果不要，我如何成形
如何在充滿冰涼霧氣的深夜裡
一開口就聽到你的聲音

團員自白

雙身者的時間都是施捨的
被施捨的單身者的故事
看似不多，但胸懷炸藥
誰都能成為一分鐘的愛人
誰都不要
他們下一刻就到橋的另一端去了而我們看不到橋
心中也沒有橋
一想到是正被施捨著的關係

臉上就浮現咒意
就抹上遮瑕膏
其實我們也施捨了珍貴的事物
但不像他們具體可說
彷彿給我們的是剩下的
光是一秒，我們的耐性具體可聞
而他們帶著幽靈完整
世間的漏洞湧出冷風
我們不禁暗忖著冷死正好

壞夢

夢的可怖在於：
你在裡頭
在於你看著我
在於無法脫衣服般輕盈剝落

你的臉還是沒變
你說話的語氣與眼神通過電線在眼前播送
你的可怖在於你在我裡頭無法剝落

我以鋼刷猛力刷洗
留下數十數百道血痕

青藍色的鬼火點燃
夢裡交錯的字句血管般分枝傳遞散播
不想知道它們卻都站到我眼前
不想意識它們沾到我

畫面示威一般活潑跳動
夢的可怖在於
你擅自出現不經同意
令我以為終於再次相遇

孤獨的假定句

歪曲的街巷有事物降臨
更刺耳的
已經都躲到牆後，我們背後
只剩下唯一好的
周圍的雨那麼大你一點也沒有淋濕

巨大灰藍色籠罩
延伸過去的方向牠們都在蠕動著

最難以直視
卻是最好的
我們選擇遺忘
你一點都不感覺遺憾

褪色照片般的場景
兩雙腳一齊向前
視線停駐在道旁的石頭上
一個一個阻礙著行走
最重要的是有話要跟你說
卻始終沒有想起來

假如你能不再往前走
為我停下來

被傾倒者

那些被認為骯髒的
所有過去，怎麼洗
每天都以為晨光可以讓它散去

多少箱子，鍋子，盒子，瓶子
裝進去，卻又反悔
每天，每天
我以為能夠住下的

總不出所料要離開

每天，每天
在搬走之前都會回頭
想看清楚我曾愛過
或曾愛我過的
那麼模糊，他們不要
其實我也不想要

那麼如何忍受傾倒
如何在被忍受之前
先轉身
若他們的過去果真那麼乾淨
至少我留下了汙漬

輯二

壞掉的月亮

異地一別

有有你的那份早餐
因為我們徹夜討論晚安
我原諒樅樹
我原諒雨
暴雨抱住你

你的揣測鮮紅
很人工。我說他不是這樣

是火龍果那種
你說反正我
這時早餐又來了
早餐如暴雨降落

對你的路很直像刀子
我彎曲水管通過
我說他的事不關你
可是你不要那樣滿臉鮮紅
結果你在走路

有的我們都有早餐
但你憤恨難平
我不知道可憐

我不知道撿
說到晚安，你就突然很溫馨

信箱裡潮濕的信件
一顆一顆文字
你抽身了斷掉的夜
我淋濕在滿潮的語言
在店裡我付錢買了同情
我付錢買了雨

與你分別後
我跪在路邊
用身體造雨

唯一之一

「誰都可以」的刺
插在我的後頸
從此成為活屍

你活屍我
我卻誤人類你
中間產生縫隙
縫隙是過硬的菜瓜布留下刮痕

刮痕是太軟的原則垂地

若不感謝你真心就碎
每一場睡背後都附帶議題
你叮囑我正確
不能拔刺

不能拔你成為我的一部分
尋求解方時門卻關閉
之緊如我的人類之門
是你尋求我我卻從此無形可塑
除開我人們萬般自由

像是我借貸的

那刺一生償還
像說著樓主好人一生平安
卻平安的是誰都可以

絕交

絕處逢
有救的朋友
決定一起出遊
心不在焉那時候
夢話很多
暗訂潛逃計畫
只想著走

有救的朋友
是有點沉淪了
救命也不說的我
登上偷渡船
當時沒有走成
還想著走

有縫的朋友
用水泥填滿
決心封鎖的朋友
也一起出遊
就已經離開了
卻想著走

關係

生命中的多半臉孔都聚集到這間教室
我開始感到不重要與不重要之間的不可分割
那些少數的重要，也肇因於隨機
黏附著隨機一路延續下來如電線上的凍雨

它想黏附它，它想黏附它。
解釋得太深重太多成為經典遭受翻閱
綿延的信任，傳播，停滯不動

但來到這間教室的過程？
這間教室的目的，散場時機？

有些臉孔出現在道路上
淒清的早晨，各自做著未竟之夢並肩
而走，若有手就很冰冷
若沒有手，腳就一直不停地動
電線杆是血盆巨口口中有火之樹
鐵製之鳥發出刺耳尖叫

他沒有看我就好
若看了，關係被迫斷絕
所以目光整齊同看著那未凍之雨從屋簷滴下⋯⋯
一、三、四、五、二、十三、九、七⋯⋯

就那一刻騎樓天花板映出彩霞
窗框瓦解掉出一顆顆糖
看我以後，一切轉而既黑且稠

重要與重要之可分割為獨立
曾經住過的洞都有固定擺設都陳列著
電影中被視為高潮的場景
當我每天倒上數杯不溫不涼的水當病侵襲與褪去
當警報聲吸完這裡全部空氣當汙黑過往一再被清掃出去
灘上的沙越多，越沾得腳板滿是
越執意看海
吸吐長氣

剛好的謊言

幸好在回收以前已經哭過了
廉價以前就買到的那種擁有才完整
拋棄的衣服上沾滿蝨子
暖是一種假設不夠正確反正爽過了
反正，你已經說過反正了
就睡吧（但你是怎麼睡的好難活著）
就來電未接
看著它又跳又叫看著自己的手機墮落

對不起不應該說幸好的
這國度的傳統編織裡都有好多血
你滿身是血站著的樣子很美
我不應該說幸好的但幸好下過雪
以後我的哭就被剝奪了
如果那枚陳舊如古董的戒指長出裂痕
就不要再上街走動了

你只是在某個時刻剛剛好的
這輩子再也沒有了

分裂

把崩潰切成一塊一塊
骰子形狀放在鐵板上
倒油
香味便流了出來

料理途中的歌噴射
很遠很遠的空房
那一種住

需要再次摸索才能舒服

為什麼可以切呢
要摸的是不存在的手
鬆鬆塌塌頗為噁心
很想他趕快死

死的形狀二十面骰子
不要後悔
不用撕咬只需咀嚼好嗎
像口香糖的樂句好嗎

你給我的訊息爬行
如詩如蟲

留下鈔票與碎紙機
轉身就走

被留下的
走出門的都是同一人
他們相恨
賴相恨維生

附贈的呼吸

——某次瀕死經驗

排列在床鋪上的彩色星星
是從天花板上掉落下來的
忍受不了某種震動

某種震動，引發眼睛的海嘯
用口鼻撿起星星
爆炸成某種窒息

某種窒息，讓床頭櫃也有了音樂
音樂上頭的裂痕明顯
像被描繪出來的星座

是星星發出來的味道
是被褥的疼痛所拋出的錨
是求饒與狂笑

一雙沒有連結身軀的手
送來恩惠的大禮
新的呼吸

內疚

洋娃娃的頭掉落
在地上滾
一直滾
賭輸的錢在地上滾
一直滾
昨夜我遺留在這世上的罪惡
在地上滾，一直滾
渴望盡頭

渴望終點處有一枚懸崖
可以投在我身上，接住我
希望所有我做過及對我做過的事
都可以被遺忘
遺留在終點處的一切我全都憎恨
我會滾開
像開水那樣地滾開

刺破

把可愛刺破
惡水就流出來了
乾淨整潔的房間都被破壞
可憐的景象
把惡水倒回氣球當中
塑膠皮摩擦的聲音把耳膜也刺破了
摺成童年的巧克力玫瑰花

被裝飾在那個可愛上
美麗的房間一造
半個世界就都住進來了
我想獻上禮物
卻把惡貫滿盈的祝福也送進來了

睡美人的手被紡錘刺破
惡水就流出來了
乾淨整潔的世界崩塌得厲害
可悲的嫉妒但
故事就結束了
氣球膨脹太大自己就爆破了
正是世界原本的形狀

壞掉的月亮

不知道為什麼月亮是壞的
風與霧都是壞的
我爬上去要修理
卻被從高處推下來
壞的海拍打壞的礁岸
壞的草長滿壞掉的山
把修理工具全部丟掉
走進一間壞掉的房間

照一面壞掉的鏡子
用壞掉的手機打去壞的地獄
為了得到一抹壞的音信
搞壞自己的身體

嚴冬

如果大家都能安靜下來
或許，我就能不那麼容易看見鬼了
如果是深夜，如果是清晨
如果那味道可以不那麼瞬息萬變
我也不會突然醒過來
他們都爬上了燈塔
只有我不想被照亮
罪犯般恐懼、孤獨地良心不安著

一個美好的晴日是用來死亡的
如果他們都能承認
我也不用那麼擅長逃跑
天空流淌的毒液滴下來
誰的肩膀都會被淋濕
卻沒有人與我共享相同的罪惡感
潮濕的胸口
要用幾輩子才能乾燥

想要的事物另有其他
燈卻使人灼熱、蒸發、不在場
為了分開正負極而被切開的磁鐵
產生了更多正負極

我相互排斥的斷面無人目睹
被撬開的祕密另有其他
他們比賽赤裸
我被層層衣物淹沒

告別

你不要太難過
因為他們快止不住笑意了
封存在罐頭裡的食物與氣體
終於一股腦地往外衝
那些氣味不原本是臭
他們早已體會過最難過的時刻了

一公斤的悲傷

總是比一公克的廉價
他們把快樂當作公益品贈送的時候
也很少人要拿
宣稱要給你錢的一定是詐騙
他們也想打詐騙電話

那邊的氣球全都是你所喜歡的形狀
也有比臉大的蓬鬆棉花糖
從今以後你也會和他們一樣
再也止不住笑
雖然什麼都沒有忘記
猛然想起時卻再也不能理解當初
為什麼會單單因為氣球和棉花糖，產生那種
止不住快樂的哀傷

稍微忘記

稍微忘記比較好
稍微作夢也能減輕疼痛
畫面黑白色調偏淡
述說者的語氣昏暗
就地解散之後
大家的記憶都回流到我腦中
只有我得到了燙手的信箋
只有我必須展開它

向社群網站求教稍微忘記的藝術
它總能那麼快把記憶推到最底無從翻找
它的專長是全盤忘記
說不定全盤忘記更好
否定做夢就能杜絕疼痛
卻會在摸到海底以前先行溺斃
卻還是想得到

不要太多也不想太少
可惜他們給我多少我都得不到
大家的文字精簡
卻要花上許多時間
笛音吹響眾人魚貫前進

只有我的雙腳沒有動靜
目送著赤腳沒有穿鞋的人們走遠
夢醒得太快沒有補給
沒有能力、沒有童話
那片飄來的難道是失敗的烏雲
用來下失敗的大雨？
希望稍微忘記的失語夢境
最異常清晰

近同學會情怯

忘記的堆疊其實就是記憶
不堪回首的背後掉下許多人頭
過度的掩飾也是暴露
如果她暗自枯萎
如果得不到

編一個結與拆一個結
用的是不是等量的時間

結與結之間
容不容得下一句話、甚至一面
要跨越什麼才能得到一面
如果故事都只呈現反面

如果失憶
如果曾經失憶
有沒有另一張臉、另一副身體
裝作離線
也能連線？

從夢裡醒來的時候

從夢裡醒來的時候
嘴裡含著刺痛
吐出來之後，就來不及回想
我知道甜美
我渴望甜美

甜美的都還黏在太陽穴上
拔除之後

就會有苦味的腦漿流出
我渴望真實與虛幻的倒置
我渴求太多種肉體

從夢裡醒來
耳邊有不絕的樂音
我知道，再沒有人為我彈奏
再沒有人說話
是為了我，是對著我
再沒有人看我

那個時候
我仍然躺在床上等待
蓋著被子等待

被陽光壓迫著眼瞼
被雨吸收了眼淚等待
等待更多的夢慢慢醒來

輯三

除魅的家屋

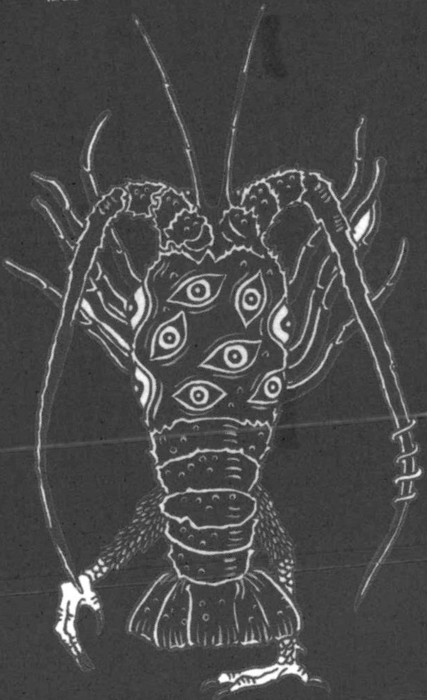

九月輓歌

墜落以後
半邊身體留在地上
半邊開始遊蕩
自由的走肉
自由與走肉
是分別在路上走
死屍的意義是死
活屍幸好沒有死透

可惜沒有

墜落的聲音在活屍耳中
就彰顯了聽力
最後消失的總得等待
忍受一切聲音
等那張討厭的專輯播完
可惜沒有

的核心是跳動的
還是不跳動的？
硬的還是軟的
風景是充血著褪色
胸腔雜亂而空盪著

頒獎典禮上
活屍接下一張罪狀

墜落以後
為自己舉行招魂祭
招來百貨公司裡所有顧客
要不要買下半邊的我
語言不在的對話
護欄一直在砍傷
墜落以後
他們沒死
可惜沒有

五月結果

那雨還是一樣
一切源自手機的病癒
咳血的竹林
沒有男客，女客們是我的鄰居
沒有犯錯也凝固
我們的興趣，逼我目睹自己
手機跟我不像

再收驚一次也一樣
浪費的米
想當植物的容器
壞掉的一組，衝的一組
徹夜不眠的一組
看我這樣的無計可施
尾插摩擦得難過

是竹筍嗎？尖端被摩破
很像是錯誤的認知
明明不懂，明明此人
被別人等待著死即將不被哀悼
那張臉明顯為此慶幸
手機的苟活

或者輕蔑是我讀錯

那雨不會沒有意義
也不會多有心
說了「其實」就以為有戲
雙手捧著五月結果
落在結果結的果之中
夏天是用來崩潰的季節
還有救就沒有救

乾嘔的四月

以疤為美
你以種在別人身上的疤為美
這片沃土上的骯髒是你
最引以為傲之事
雨。低姿態爬的氣味，俯瞰姿勢
從過去編排到現在整齊漂亮

掀開的蓋子，昨日的安睡

已成羞恥
是沉默引來傷，引來死
是沉默像肥羊引來太多肉食
惡獸，把山路上的陰影歸為純潔

若有信仰便醉
墮落無門
沾毀第二人稱
把乾淨全都收集安置在標本瓶
把死當作一件神聖之事

重生或者永遠拒絕或者
無門的延伸（仍是無門）
到哪裡都存在的牆壁至少潔白，乾燥

窒息至少不用吸進汙濁
結痂至少
還是風景？

至少至少，第二人稱太多
第一段之後就無能觸碰
還是雨，還是泥土味空氣無辜
是我們何辜
以醜為美不對醜就是醜

卻以為開得出花
在腦中無極限幻化
侵略者的迫害都不那麼真實
我們孿生的柔軟已傷的身體無缺不感

死而不彰

語病

他那樣珍視著他的病
而不是他自己，我珍視著他而不是病
而違背珍視他的意義

我珍視著他的病
就不是珍視他。而他珍視著他自己
就違背了我的珍視
我違背了我珍視的意義

他那樣雕琢著他的病那樣修飾
讓我著迷而成為一種違背
我看著我的病愣著
愣著想我是怎麼珍視

我珍視著他而違背自己
我珍視著自己同時
把病作為一種藝術品就違背所有珍視
就切合所有珍視

他真是珍視他的病我真是珍視
我的病我的病真是珍視著他的病
所以成為我的病

珍視著他的病的美麗那明明是違背了他
何以能算是一種珍視
卻真是一種珍視
他的方式

濟世水位觀察

他們總誤會事情是
連通管原理那樣，也誤會比較高的
實質上就跟看起來一樣
若非具現化為簡易的低處
就都是高的，就得叫它爬

總是。委屈的表象
正確嵌入美麗框架，資源就該挹注

故事們淚水如同長河
聽眾們獻上同情之勺
不幸者給多些，幸福者就少些

於是冰山被感動融化
陸地淹沒，海平面上漲
當大家瀕臨溺斃
他們還是會堅持他們的善良
為唯一救命之物

天亮前的台北街頭

刀刃將夜切成七塊
七個都市傳說結合成台北七不思議
戀情與鬼故事的相似度高達87%
人們是因為醉了
才會聚集到這條路上來
傷與死如同恐怖電影的嚇人橋段
深刻但很快就被忘了
愛不是神剩而是鬼剩的

身為鬼如何操作被切割過的肉塊
好讓身體在崩散以前多體驗一點

鹽的感覺，醋的感覺
漂浮可樂的感覺
這些歌多麼安全是甜味的
這些ＭＶ裡有鬼出現非常賣錢
活屍讓大家拔腿狂奔奔向新世界
的話再不用煩惱午餐吃什麼
的話每個人都很美
的話大家多找點人繁殖
番茄醬的感覺

人們是因為累了

才想方設法讓自己更累
這場抗爭持續七七四十九天
在此初識的人已經論及婚嫁不管別人無法結婚
墳墓裡的戀情若願意鬧鬼也只鬧進隧道
天亮前你美麗的臉說著外星語言
這是一本我忘記自己寫過的書在燈火輝煌的書店
同樣的它被切成七年
每個年分眼看我一步步更接近你
（有鬼）

連鎖

一個鎖連接著另一個鎖
沿著鎖鏈爬行的時間沒有盡頭
是因為太過迷人的關係嗎
因為鎖鏈一經描繪握著畫筆的手就忍不住狂喜顫抖
無法終止的連接形態讓人想停也停不下來嗎

決定了之後
發現活著的生命也都是被連接的鎖

誰阻礙單位間的扣合必遭受嚴厲懲處
身為私刑的死刑的誘惑香氣
絕對斬不斷的巨型隊伍

沿著鎖鏈行走所見
猥瑣與神聖勾連在一起的壯麗風景
與選擇無關的旅行
若到達那裡，就變得強韌堅毅
完美線條被銘刻在身體

所以，那種姿態值得抗拒嗎
鎖鏈被斬斷不會自己再連接起來嗎
鐵器碰撞的聲音躲進耳裡
在裡頭安住鎮日細語

不再服務憤怒或悲傷的情緒
是興奮與憎惡之間的拉鋸
絕爽背後無法抵禦的磁吸力
一當走近，頭顱就被編入隊伍
一經編織，皮膚就失去了個別性
一張人類進化退化的生長圖

堆成鐵的體心立方結構
勾成鏈狀的橢圓形的鎖
猩紅夕陽西下
單一顏料重複塗抹暈染
鐵鏽似的血味擴散

無法放棄的膩口甜蜜
緊緊懷抱讓胸口被貫穿
一場獻祭，修習與修羅交涉的禮儀
靠多近才能解惑
走多遠才能解脫

暴雨超渡

——寫於奧蘭多槍擊事件之後

每當傾盆的死亡從頭澆下
人們所做的往往不是撫摸對方，往往
凶花之上開出凶花
血光借火點亮血光

子彈橫渡十字路時開口說話
奔騰著虛擬混亂的馬

轉譯為一道一道電流
如果，恐懼的質地都相似
「遠方」就只是短暫遁詞

那粗糙質地含有的
屠殺成分所構築的房屋
不正住著天真無邪的動物們嗎
將掛有幸福笑容的嘴角
置換為僵硬屍塊的欲望
不正一再被放進鍋裡煮沸嗎

悼念所形塑的模具如何套入既有形狀
模具裝滿雨水送往沙漠
渴早已就地漏完

哪裡乾涸哪裡氾濫成災
仙人掌的刺造成駱駝的死
駱駝的血造成仙人掌的死
渴早已不是答案

又來的夜，塗著相似色彩
經典中的神明顯現
一手輕撫人民一手持槍
異端者的胸口開出止渴鴆血
「恐怖」編成床邊故事複誦
原模原樣的秩序重建
複製的超渡召喚下一場複製的暴雨
把神明澆熄

制服論

制服是會啃蝕身體的
制度是會招來他人合法地啃蝕身體的
其上的倒鉤在穿脫之間總是
帶下許多血肉

你用制服盛裝並遞送過來的暖意
確實與「愛」同質
但當我伸手入袖，倒鉤便開始作用

血就這麼一整日地流

「不會痛的。」你這麼說

多年以後，刑具被剝除了合法性
曾被啃蝕的身體所剩無幾
液體從孔洞溢出
召喚關於倒鉤的記憶

你的愛意被指為不義
不能再用制服制服的傷口一齊尖叫
嘈雜欲聾
秩序流膿

「不會痛的。」我對你說

除魅的家屋

「這世上，存在沒有鬼魂的房子嗎？」
就算堵住所有隙縫
流進來的氧氣還是太多

房間裡，接近報廢的熱水瓶
烹煮著「苟活」的電鍋
無分日夜的淡黃光線

撕開一絲裂縫伸出手
卻被窗外密集的鬼魂電到
遂緊閉窗門，確保此處的無垢

除霉的家務已屆完成
水龍頭湧出豐沛的安靜
只要洗，就能杜絕雜音

「這世上，存在沒有鬼魂的人類嗎？」
一定會窒息的
一定要窒息才能被活著

被活著與活著的分別是
被活著的結局甜蜜

活著的觀賞甜蜜結局
胸口裝設的門有鑰匙嗎
為了隱瞞其中的陰濕
故意忘記開鎖的方式

雙耳與雙眼作為傷口
必然要緊緊地關上
才得以痊癒

死也要去

死也要去的那個地方
如果死了的話
它也會一起死掉吧

出發以後的沿途風景
像裝在舊餅乾盒裡的畫
現在就開始惋惜了從未經歷過的旅行

以等速滑行的方式移動
像戲劇裡的鬼魂
無腳（我一定會想念我的腳）

「死也要去」如果我這樣說
你也不會跟我一起去的
死了的風景，死了的風景

抵達之前回頭探望
群眾仍然是低著頭的群眾
（而我不會想念我的頭）

搖動鐵罐裡的歌並倒成行李
你隨時可以後悔

但已經與我無涉

四月

四月，春天已被惡耗撞成碎片
鋪滿林地，失去生息
所謂的芬芳是幻想出來的嗎？
你的嗅覺和正義感一樣，積極、
失能

四月，冬雪被融成火
燒燬森林，枯枝之骨細瘦

假裝溫暖的群眾
從中抽取的血肉有多純潔？
你的純潔是用他人的不潔換來的
乾乾淨淨的林地啊

四月，長夏的預兆襲來
臉友們全都前往鄰國賞櫻
微小而確切的——
惡的種子，等待萌芽（或早已成長）
這場葬禮你早就參加過
所有臉孔都那麼熟悉
卻一再忘記

屠殺支付

愛與和平要以屠殺來支付
而能償還屠殺的
仍然是愛與和平嗎？
動物們被肢解的每一部分都發出噪音
正是支付沉默的時候
但償還噪音的還是沉默嗎？
大家蠕動的軀體非常迫切尋找下一個家
家裡面終於有真正被盼望的成員了嗎？

家的支付是以死來完成嗎？
死的償還是以生來完成嗎？
每個形單影隻的局部
都渴望尋找另一個部分填補
恰好是他們的完整支付了我的缺陷
恰好是我的缺陷償還了另一個人的缺陷
能償還屠殺的
還是屠殺嗎？

死的遊戲

活的遊戲其實也不是太缺乏死意
死的遊戲包含許多鬼的成分
它的生機比夢更飽滿
接受了殺人任務的小蟲出發時
踩死了要殺的人
遊戲即將歸零的時候
時鐘突然停止轉動

故事很多很缺少一張嘴
跨步向前時發現可以用飛
想死和想睡其實是同一件事
想人或想鬼也沒有那麼容易分別

聽完之後打哆嗦還是打鐘
上學只是為了下課十分鐘

iPhone之後他們還玩不玩電動玩具
在一個平面上誠心誠意
想要躲開鬼，想要化作鬼
想要為鬼拍一張照片
死的遊戲是不是總有一天會發行
死的時候他們還玩不玩電動玩具

鬼的遊戲非常多元
人的遊戲比死還單薄
他們的牙齒不好說話帶有酸意
想要對方死就記得叫他活下去
在每天早上起床的時候
在不小心GAME OVER了的時候

被制服制服的人

因為沒有聽清楚
而請祂再說一次
沒想到制服的口氣是那麼地差
如果不穿
就得裸奔

於是如此：日日
被制服頤指氣使，日日

對制服低聲下氣
制服是主人，而我
是奴隸

也曾趁祂睡時
拿著剪刀悄悄接近
最後剪到自己
為了遮蔽胸口的破洞
只好穿上制服

祂將我的心臟壓回洞中
力量十分沉重
祂抓住了我的弱點：
如果不穿

就得裸奔

我不要裸奔
制服箝住了我的肋骨
制服腐蝕我的皮肉
我不要裸奔
我不要裸奔

輯四

超鹹食主義

末日後人

你是一個被阻止毀滅的人
你是在今後的毀滅裡佔有一席之地
形式大過於內容的存在
我肯定你的崩潰
連形式也一起愛
你說不要這樣較好
我說最好不要

你不能感知我的痛苦因而完整
毀滅以前的秩序
終於可以命令它們
今後即將毀滅的希望之星
讓你被赦免了

下一個循環裡你受寵若驚
你是走過毀滅以後
在荒蕪之地阻止同化的人
你是指標之外
又崩潰了好幾次的指標

你是我末日以後
用來複習毀滅的劇本

轆轆

終於我的胃臟打開腹腔
自己去覓食了
腸子沒有帶上
終究是太快太空
他難免恨
上太空了

終於我的腦髓從七孔出來

寫他想寫的書了
那些擠在密閉空間的年月
想來還是戰慄
他想啊好餓
是代價

我的子宮不得不擠出車門
去店裡偷止痛藥了
那原始的意義那否定
飢餓以外
他說他總歸是一張完美的
雖然疼痛的床
我等不及先恨
恨而且睏

經

我的身體是一個破口
妳砍傷這個世界的洞
不是別人以為的準備接納一切
而是暴力的痕跡

作為傷口的我在開始演練時
誤以為自己堅韌也尖銳
把所有刀子排在口袋裡

比賽暴露器官

這件事你我之間或奇異
妳我之間或日常
流血與收割
在那些包材與耗材裡
感到生命的凶惡

那麼地色
痛楚形之於色
洗手台、床鋪、褲襠、妳身上
一絲一絲一波一波
來自河流，來自海洋

不是月亮決定了潮汐
而是我決定潮汐
不是月亮決定了我
是我決定週期

是妳的經聽聞我的經以後跟進
是妳的經成為我
使我的經成為宇宙

練習

房間裸露著
結滿蜘蛛網的門框
不自在的破門

走不進去的詮釋
形成魔障。內部
蟲蛇開始蠕蠕
鬼影開始幢幢

你還跟我說話嗎？
橫陳外部那件
你穿過的外衣

手，或其他什麼都好
陌生與久別重逢很像

走不進去的慣性
用一種原諒、
一種暴力
作為練習

來改變你，循序漸進你

有鬼與蛇的冬季
有蜘蛛網的乾淨

那些話斷斷續續
衣上皺褶正待撫平
剝去制約與神祕
再多幾次
幾次都行

妹妹住著洋娃娃

沉澱我的害怕
以後，把它拉起來
過重的一朵鮮花，澆熄了世故與馬

過程變得廉價，結果
更低，失去凝滯過的單人房
重層的書頁，武器，走廊
這渴及簡單的喝

餓與彈簧

質地就決定了對待
嗎？嗎？媽媽
隔板與閣樓與打嗝
它是會說話

也決定了風車轉動
粉狀的馬，珍惜
風靡，自盡，打屁
一起掙扎，背叛鏡框

拆信，游動思想，實感
手。

蜂蜂相連的暴力有蜜
歸返是蟻

仍是異化
不整齊歸它

人間鼠籠

我們的骨骼與肌肉是牢房
有老鼠禁閉其中

所以，那些實驗為我們
也不為我們所做
房客的死活，正確來說重要許多
牠們才是有著思想與靈魂

不僅止於賽跑滾輪
我們是這人形空間裡唯一的膚淺
自以為自由

我們只渴望溝通而牠們領會生活
短短暫暫地住完這一宿
與其後的每一宿

當鐵門打開我們解放
老鼠縱身一躍
竄於廳堂

強摘的刀刃

慰問刀刃何時終告成熟
何時，何地，是否付諸實行以及
為何突然停止他起伏的背脊
那慰問無關善意毋寧說是一場交易
語氣更接近質問——拷問

而刀刃呢刀刃
說他再也等不下去我怎麼知道這樣下去要等到何時

那夜談得太多，其他利器都返回故鄉
幼稚的面向已經暴露
不是第一個丟臉者但早知如此
就晚點割了

就晚點，晚到死掉那一刻，晚到
死以後。不要以為這招總是有用
不要輕視權力結構
但如果不是輕率砍傷那次
如果等他尖銳到底如果
至少寫下一樁犯罪詭計足以拍三小時電影

偏偏不慎　讓無色無垢的時間翻倒在地
一切頓時便宜

除靈

他謹慎端著的那顆是寶石呢還是一般的石頭
上面纏繞綿密的詛咒
與它被海水沖刷過的次數相同
被端著感覺快要解體
那是液態時代所想逃離但是不幸成為固體
被端著感覺到有點冷淡的體溫
感覺到再怎麼樣都不會恢復澄明時候那種清澈的價值

他沒有溫度的聲音直射的眼光
他端著事物的姿態沒有一點扭擰他肩負常理
背後的傷痕是月亮從不裸露的背脊
而那顆石頭洩下的瀑布是一種邪惡的力量
惡水淹滿斗室他平靜的語氣沒有改變
所有靈魂都要循著聲音到達該去之處種種怨恨最後
沒有像箭矢射向靶心

我好像還有極多問題他等待我
手心裡的作祟告一段落他還給我
因為是我所以石頭既不發光也不流淚
石頭曾經易手如今為我所有就像每個人之於靈魂都只是借用
室外，鬼月的星光微微顫抖
月光是偵訊室的大燈直射瞳孔

空氣中扭曲的靈體結構籠罩曾經度過的短暫時間

石頭重得沒辦法拿取了
它是所有一切的堆積與緊縮它感覺所有對待
徒勞遠遠不及尚未出生之時
離開前他交給我一張符咒即日生效
若我讀不懂他也無法解釋
若詛咒真是那麼深刻若我仍在海水裡沉睡
若高溫與低溫仍然持續交替
若凝固時用盡氣力

四分之一

第一次崩潰時，半身被炸掉
半塊心臟與魚群排成一列舉行獺祭
被猛然扯斷的耳機剩下半邊電線
魚嘴開闔吐不出樂音
在水底體驗新的壓力
多彩的大陸棚給予視覺以驟雨
雨下在海裡，張開無數眼睛
珊瑚有傷，海葵逃亡

離去前的灰白色背影
爆炸後的煙硝味

第二次崩潰，一半再被砍去一半
液體從斷面噴出弄髒玻璃
碎片般散落在地圖上的雨林
瓶底吐出脆弱風景
巨型板根遮斷理智線
羽狀複葉勾勒細節
樹影縫隙漏下的陽光轉暗
音調趨於恐怖的鳥囀
死意如鮮花從樹莖橫生
死意如黴菌在枝幹蔓延
勒住瓶頸直至窒息

第三次，剩下的四分之一被交換為贗品
肉體吸入城市廢氣
精神被平鋪在工地，任憑噪音敲打塑形
水泥黏住笑意不及流動便凝固僵硬
柏油路上反覆發燒憤怒的瀝青
假人模特兒撞破櫥窗尖叫
罷工或bargain含糊不清
放棄之前，失去意識的車廂
空調放送血與鋼刀的鐵鏽味
捷運藍線低頭不語的肉塊
被機器追逐追逐更多機器
飢餓從此成為頑固音

無法崩潰的第四次
濃度遠遠不到四分之一
吸不進高空稀薄的空氣
外星人降臨此處奪取器官與記憶
飛碟處處生鏽針筒重複使用
夢境宛如氣球被刺破消風
自動販賣機故障掉落一連串不解渴的問句
一時語塞被繃帶之蛇纏成木乃伊
外太空無端被命名的星體
星體上無端遭歧視的住民

超鹹食主義

鹹食是一片遼闊的荒原
早晨醒來，喉嚨乾渴
傷痕深刻的龜裂土
仰頭喝下飛沙走石
枯澀的首都

超鹹食一端上桌，腎就隱隱作痛
烏雲聚合，人們朝天張嘴

鐵鏽味的血雨

早晨醒來，身體扭成繩結
擠不出半滴水
紛紛鹽粒黏在腳底板上
打開衣櫃，濃稠醬料倒出

就投入死鹹之井
醃漬途中的尖銳聲音
踏出房間門框崩解
沙粒打中眼睛，仍注視下去

超鹹食的風景
超閒與超時的工地

一轉身未及拍照便坍塌的礦坑
走不到那裡，就遠遠憎恨
看不到的東西，不如先絞殺
久握手心的鑰匙又鹹又熱
插入喉嚨打開鎖

插入一點也不鹹的身體當中
用力轉動

大掃除

整理房間的時候
觸手自四面八方伸來
它們來自蒙塵的角落
它們也讓角落蒙羞
有東西從床頭櫃裡逃出來亂鑽亂竄
我用冷淡去砍
裝作並不熟識的樣子
很多東西輕易被吃掉了

不可置信
不可置喙
它們的顏色像鏡子
觸感很鹹、味道很灰
在幾百張被撕毀的照片中
早就顯影過，只是一直沒有發現
只是一直沒有置喙
現在已經很接近了
可能是最接近的時候
偏偏挑我整理房間的時候
我拿起紀念品，它們就抓住我的手
這不是該玩拔河的時候

襪子總是鬆掉、破洞、少一隻
麵包在抽屜裡發霉了幾百次
有東西很餓，但不是我
飽到額頭時得嚴防肚破腸流
一群怪物品嚐很多結果
我用雙手開不了鎖
偏偏是它們淹沒了我的時候
偏偏那台垃圾車經過

台北雷射

被碰撞了之後
我就冒出泡泡來了
消失的泡泡　壓克力　鴨血
危險的修理
強行剝開保麗龍不就
和心臟一樣發出難聽的聲音嗎
停下來的話
倒吊的人不就把語言也倒轉嗎

我們這時代的人不就
都成了難吃的拼盤嗎
有誰還會把我吃下
連他自己一起消化
消失的胃液　褲子　酷斯拉
台北的街頭　雷殘　雷射光
他們不重要地想要我最重要的東西
我最想要他們的下一輩子
明知自己先死還是會預知

被走出來之後
門就關不上了
被吃下的話就無法避免被消化
牆壁　薔薇　強姦犯

手術的形狀
當夜晚也變得白皙光滑
所有鬼屋是否就成為
最安靜健全的地方

鐵盒

其實，我手中也是握著鐵盒的
體溫很快布滿了小立方體
裡頭的東西蠢動著

前面的人那麼樂於打開並展示自己
的鐵盒，鐵盒的外表非常漂亮
裡頭的東西則
包括他在內，沒人看得懂

我感覺自己要起跑了
不論鐵盒裡的東西允不允許
不懂：這解釋未免軟弱

其實我手中也是握著的
其實鐵盒也是握著我的
準備對著前面那人的後腦勺
用力砸過去

發光的柳橙

怎樣的悲傷是一種驕傲
怎樣的快樂是一種逃
怎樣的距離可以在每一次重逢的時候
都延伸為擁抱
離未來或過去都遙遠的光線裡
無所遁形的身體
仍倔強地要往哪裡奔跑
那不是競賽的起點或終點

那是柳橙色的朝陽
朝陽色的海

怎樣的夢會在醒來的時候
像被擁抱著那樣溫熱
孤寂與失敗我選擇失敗
失敗與孤寂我選擇孤寂
太堅硬的叢林裡
我選擇一棵開滿花朵的柳橙樹
我站在樹下
準備接住一顆發光的柳橙

等待的姿態

也只能安安靜靜地等待
因為事已至此
誰都沒有勇氣抬起手，或把手放下來
無法坐下，也站不起來

就這樣倒立著等待
就這樣張開嘴巴等待
就這樣把衣服塞進褲子裡等待
就這樣抱著電腦等待

就這樣滑壘等待
把時間握在手心
把夜吐出來
星星高高掛著但歪歪的
我不能仰頭，但空中的事物
都確切擊中我，不能還手
等待是最糟卻別無他法的

月亮像燈泡一樣破掉
寒氣像柏油一樣破掉
寂靜像銅鑼一樣破掉
終於所有的鬼魂都破掉
流出來的是我最想得到
卻最不想看到的

【後記】

啟蒙與除魅

「蒙昧」、「啟蒙」、「除魅」、「復魅」是這本詩集的四個主題。我覺得它們不只是文明發展歷程的描述，也是個人成長過程的寫照。其中「啟蒙」和「除魅」就是民智初開，最後決定其文明樣式的青少年時期吧。那段時期，不論學校制服或者自殺消息對我來說都是一樣，生活中的任何事物都成為傷口。對先進國家來說有如被光照亮的啟蒙時代，對殖民地來說卻是最幽暗悲慘的一段日子。

卻也難以否認是那段時期形塑了「我」，讓我成為現在的樣子。我不認為生命中的每件事都是有意義的，有時候徒勞就真的是徒勞，浪費就真的是浪費了。但直到現今仍然產生影響力的事件，卻不能不去探究它是在什麼意義上成為了毒素般的存在。直到現在，我還是不理解當時的一切，而且花了很長的時間才理解自己的不理解，那成為我的詩的核心。

我的詩的啟蒙是從完成第一本詩集和第一本學位論文之後才開始的。所謂的啟蒙是一再在不同程度的焦慮與困惑當中旋轉，是一再重複著打破蒙昧又啟蒙失敗的循環。在這個過程中，詩承載了我對語言的過度依賴與過度不信任，讓我在暫停的能指上苟且偷安。換句話說，詩成為我在探索詩的挫敗過程中逃避的出口，真是一件諷刺的事。

或許已經有人發現，我對「四」這個數字有著莫名的偏好。這種偏好其實只是顯示我有多麼容易受到暗示。當別人越是告訴我，在我的文化中「四」這個數字與死諧音是不吉利的，的時候，我就越是受到這個數字的吸引。譬如在電梯面板上發現真有建築物是沒有四樓的時候，我就不由得去凝視三與五中間的那個空隙。——這不正是「除魅」的樣貌嗎？越是被刮除的事物反而越是被彰顯的對象。

我們總可以在恐怖片裡看見這樣的結構：鬼魂出現，主角找人除靈，鬼魂再次出現，完。這個結構已經道盡除靈註定失敗的事實，卻不可能因此省去除靈的環節。這到底展現的是人類的尊嚴，還是人類的無能呢？不論植基於東方的因果循環或者西方的絕對邪惡，恐怖片聚焦於表現「恐怖」本身所顯示的是觀者的確有這樣的需求。跟我盯著不存在的「四」看的欲望是類似的。

就連這整個除靈的過程都是現代文明除魅的對象。然而當除別人魅的科學理性自身也成為了需要被除魅的對象時，某些曾經被除魅的事物便需要再次復魅。這一來一回就像恐怖片中鬼魂的消滅與反撲，也像是我多次想消除自己詩中的鬼影幢幢卻終究失敗的體現。這本詩集並不是對除魅的肯定，而是出於對除魅的懷疑而不斷在除魅與復魅當中來回奔走的過程。

話說回來，以為寫下這篇後記就可以像光一樣把詩照得清晰透亮的我，是假裝真有某間屋子是沒有鬼魂的自欺者。事實上任何屋子都絕對是有鬼的。

國家圖書館預行編目資料

除魅的家屋 / 張詩勤著. -- 初版. -- 臺北市 : 寶瓶文化, 2018.05

面； 公分. -- (Island ; 278)

ISBN 978-986-406-119-8(平裝)

851.486 107005226

Island 278

除魅的家屋

作者／張詩勤

發行人／張寶琴
社長兼總編輯／朱亞君
副總編輯／張純玲
資深編輯／丁慧瑋　編輯／林婕伃・周美珊
美術主編／林慧雯
校對／林婕伃・陳佩伶・劉素芬・張詩勤
業務經理／黃秀美
企劃專員／林歆婕
財務主任／歐素琪　業務專員／林裕翔
出版者／寶瓶文化事業股份有限公司
地址／台北市110信義區基隆路一段180號8樓
電話／(02)27494988　傳真／(02)27495072
郵政劃撥／19446403　寶瓶文化事業股份有限公司
印刷廠／世和印製企業有限公司
總經銷／大和書報圖書股份有限公司　電話／(02)89902588
地址／新北市五股工業區五工五路2號　傳真／(02)22997900
E-mail／aquarius@udngroup.com

著作完成日期／二〇一七年十二月
初版一刷日期／二〇一八年五月八日
ISBN／978-986-406-119-8
定價／二六〇元

贊助單位／台北市文化局
Department of Cultural Affairs
Taipei City Government

AQUARIUS 寶瓶 文化事業

愛書人卡

感謝您熱心的為我們填寫，
對您的意見，我們會認真的加以參考，
希望寶瓶文化推出的每一本書，都能得到您的肯定與永遠的支持。

系列：Island 278　書名：除魅的家屋

1. 姓名：＿＿＿＿＿＿＿＿＿　性別：□男　□女
2. 生日：＿＿＿年＿＿＿月＿＿＿日
3. 教育程度：□大學以上　□大學　□專科　□高中、高職　□高中職以下
4. 職業：＿＿＿＿＿＿＿＿
5. 聯絡地址：＿＿＿＿＿＿＿＿＿＿＿＿＿＿＿＿＿＿＿＿＿＿＿＿＿＿
   聯絡電話：＿＿＿＿＿＿＿＿＿　手機：＿＿＿＿＿＿＿＿＿
6. E-mail信箱：＿＿＿＿＿＿＿＿＿＿＿＿＿＿＿＿＿＿
   □同意　□不同意　免費獲得寶瓶文化叢書訊息
7. 購買日期：＿＿＿ 年 ＿＿＿ 月 ＿＿＿日
8. 您得知本書的管道：□報紙／雜誌　□電視／電台　□親友介紹　□逛書店　□網路
   □傳單／海報　□廣告　□其他
9. 您在哪裡買到本書：□書店，店名＿＿＿＿＿＿　□劃撥　□現場活動　□贈書
   □網路購書，網站名稱：＿＿＿＿＿＿＿　□其他＿＿＿＿＿＿
10. 對本書的建議：（請填代號　1. 滿意　2. 尚可　3. 再改進，請提供意見）
    內容：＿＿＿＿＿＿＿＿＿＿＿＿＿＿
    封面：＿＿＿＿＿＿＿＿＿＿＿＿＿＿
    編排：＿＿＿＿＿＿＿＿＿＿＿＿＿＿
    其他：＿＿＿＿＿＿＿＿＿＿＿＿＿＿
    綜合意見：＿＿＿＿＿＿＿＿＿＿＿＿＿＿＿＿＿＿＿＿＿＿＿＿＿＿＿＿＿＿＿＿
11. 希望我們未來出版哪一類的書籍：＿＿＿＿＿＿＿＿＿＿＿＿＿＿＿＿＿＿＿

讓文字與書寫的聲音大鳴大放

寶瓶文化事業股份有限公司

（請沿此虛線剪下）

廣 告 回 函
北區郵政管理局登記
證北台字15345號
免貼郵票

寶瓶文化事業股份有限公司 收

110台北市信義區基隆路一段180號8樓
8F,180 KEELUNG RD.,SEC.1,
TAIPEI.(110)TAIWAN R.O.C.

（請沿虛線對折後寄回，或傳真至02-27495072。謝謝）